句集

回流

畑佳与

文學の森

序

『回流』は畑佳与の第二句集である。
第一句集は『花菜風』平成十九年刊であるが、その序で次のようなことを書いている。

老ゆるとは風を聴くこと西行忌

この思考性、感覚性などは「持っているもの」の権利のようなものだ。伺うと、作者の父は短歌を作り、歌集を二冊出しておられる由。作者の持つこれらの才能を納得させせられた。
作るということは、多くは通じているものが必要である。努力・

学びも必要だが、より多く通じているものを持っているものが有利である。

すでに世に問うたものがあるわけだから、それらをどのように展開しているか、たいへん興味がありまた楽しみにしつつ読み、感想を書かせてもらった。

二〇〇七年から二〇一四年までの作品を二年ごとに区切り、四章に編集されているが、読み進めながら、ところどころに立ち止り見てゆく形にする。

追ひ抜けど追ひぬけど背中梅雨深し
羽抜鶏とんだつもりの水たまり

この作品には、ともに心象風景が匂う。特に「水たまり」の具象はよい。

木枯や山を過ぎゆく山の音

「木枯」を「山」と同化させるような思い入れは、思いを深くする。

舟虫にこそ一斉といふことば

この納得は楽しい。

いわし雲人は祈りの石を積む

「いわし雲」のはてしない広がりの一隅に、「石を積む」と持ってきた感覚はよい。

躓くやうるめいわしの目が抜けて

一級河川横切つてゆく草の絮

この意外な組み合わせが出来るのは、前述した「持っているもの」によるのであろう。学習などの範囲をはるか越えている。

風評やたちまち濁る蝌蚪の国

「風評」の持つ影響を具体化する。俳句の楽しみのひとつである。

一湾の弓なりがよし大花火

「花火」とこの大景を組み合わせるが、なるほどと納得させるものがある。「花火」の本質のようなものに触れているからか。

立春大吉電話かけてもみんな留守

何か取り残されたようなものをうまく具体化している。

振り向けばみな消えてゐる海市

浮寝鳥ときどき己確かむる

八月やよろめいて影失ひぬ

これらはその時々のじぶんのいる立場の確認である。心情を出せない詩形ゆえの楽しみといってよい。また、このような作品が多く見られる句集ほど、持ち味が深まるのである。

この道やてふてふと同じ風の中

この作品を最後に置いたのは、『花菜風』からの風の流れを感じたからである。

「自分の目で見、自分の言葉、すなわちわかりやすい自分の言葉で俳句を作りたい。そして、感性を大切にしたい」とは『花菜風』に告白している言葉である。それらが今回も確認出来たことをここに述べて、序としたい。

二〇一四年歳末のひと日

「京鹿子」主宰　豊田都峰

句集　回流――目次

装丁　井筒事務所

句集

回流

蟬しぐれ

二〇〇七年〜二〇〇八年

散るさくら空に鼓動のはじまりぬ

囀りの無心に種田山頭火

子守唄のやうな水音山葵沢

足大き子よ前途洋洋たれ立夏

ほうたるを見に行くはなし明日も晴れ

梅雨に入る鏡の中の左文字

青梅雨や宿の寝巻きを粗だたみ

色ふかめゆく日暮れ富士桐の花

十薬の根つこしぶとし嫁姑

亡き人の艶ばなしなど夏座敷

新緑はきらめくフリルみなとみらい

万緑や巣箱に丸い窓ひとつ

休館とある美術館蟬しぐれ

軽鴨の子の眠気を誘ふ水明り

山ひとつ消してしまひし土用波

電磁波に囲まれてをり暑気中り

風が好き人が大好き江戸風鈴

日蓮の腰掛石も蟬しぐれ

青蜥蜴見えて見えない昼の闇

藪茗荷をとこ四五人地図広げ

腹切やぐら忽ち藪蚊に攻めらるる

火の筆の一気に奔り大文字

虫の秋関東平野うねりだす

あの方に試してみたき笑ひ茸

十のトンネル抜けてすすきの国へ入る

石投げて水輪重なる秋思かな

一心に聴いては忘れ銀すすき

子離れといふがらんどう秋日濃し

色鳥や水底見ゆる一揆村

ハイウェイの音に乾きし鵙の贄

秘めごとやたわたわたわと式部の実

澄む空の風の一筋一茶の忌

同じ橋けふも渡りぬ年の暮

短日の待たれて釦つけてをり

寒北斗キーンキーンと耳鳴りす

再会や年月重きしぐれ傘

流木と乾きゆくなり冬の浜

幼子の思はぬちから春隣

掌に受け初雪の香りなり

風花や両手ひらひら一輪車

梵鐘の一打一打よ冬木の芽

大枯野方舟のごと駅置かれ

陽光のさざなみ田に雪畑に雪

ひたひたと育つ波あり実朝忌

十円を拾ふ手袋すいと脱ぎ

三月の光を添へて祝合格

木の芽風耳打ち話こそばゆき

春一番二番三番富士がつしり

かげろふにとびこんでゆく子供かな

梅の香を攫ってゆきし芸妓かな

料峭やぐすぐす沈む角砂糖

古本屋の奥の暗闇花の昼

ビルさくらビルさくらビル隅田川

故郷の知る顔のなき花疲れ

卯の花腐し噂ばなしが止まらない

山手線毛虫が帽子の縁歩く

平穏はガラス一枚灯取虫

新じやがの土の匂ひと父の掌と

水族館のさはつてもいい海星

沈黙も会話の続き蛍の夜

奔放に空奪ひ合ふ新樹かな

水無月やすでにあちこち水疲れ

納豆練り梅雨をだんだん深くする

地震予報泰山木に明日の花

追ひ抜けど追ひぬけど背中梅雨深し

河骨咲くコントラバスの母音かな

月光の隠れてをりし蟬の穴

白百合にすこし距離おき車椅子

ヘッドホーンの眼うごかず旱梅雨

顔洗ひまた顔洗ふ敗戦日

羽抜鶏とんだつもりの水たまり

蚊柱のひとゆらぎして円覚寺

ヘリコプター大空たたき海開き

如雨露の穴いくつか詰まり秋暑し

海見ゆるまで立つてゐるすすきかな

はればれと二百十日の水平線

鉄骨のぐらりと吊られいわし雲

秋霖や耳のみ聡き未明かな

夕映えの雲の色なり次郎柿

鶏頭のひたむきな赤三姉妹

鵙日和拳を固く歯科の椅子

麻酔残る口に手をあて大根買ふ

テーブルにしばらく置いておく秋
身の内に秋風生年月日書き

冬青空急に富士山見たくなる

びつしり山茶花弟は疎遠

木枯や山を過ぎゆく山の音

引つぱつて開ける缶詰日短か

風花や悼みことばのもごもごと

抽斗の奥に抽斗冬ぬくし

ベンチの釘どれもゆるみて十二月

朝ざくら

二〇〇九年～二〇一〇年

初日の出とりとめのなき期待感

貰ひたる欠伸は半端四日かな

キューピーの脊中の翼春隣

投函も区切りの一つ鳥帰る

父と子のはなしすぐ尽き春の月

まんさくや父の文字ある漢和辞書

子に遺す一重瞼と雛一対

鳩追ひて鳩に囲まる春の昼

ボクサーの鳩尾昏し涅槃西風

会葬の名簿の余白もんしろ蝶

接木して嘘もうひとつ増やしけり

海市かな方向感覚失ひぬ

春雪や嚙んで確かむ茹でかげん

花花花人人人も十日ほど

上り鮎川に力の生れけり

囀りの深きふところ建長寺

たんぽぽの絮のまんまる兄おとと

花過ぎの何か忘れたやうな顔

くつきりと雨後の稜線五月来る

おはやうのよきこゑ竹は皮を脱ぐ

半身は気を抜いてゐるはんざき

面妖な石仏ならび半夏生

夕焼けの中の夕日の速さかな

観音のみじろぎしたり夕薄暑

舟虫にこそ一斉といふことば

栗の花風に濃淡ある日かな

大夏木父の無骨なたなごころ

夏帽子昭和のままで生きてゐる

あぢさゐへ人も電車も傾いて

まつすぐに植ゑる鉄骨遠き雷

轟々と貨車夕焼けへ放たるる
ががんぼう脚の長さは草食系

皇后の帽子小さき涼しさよ

凌霄花ふと信長といふ漢

手でさぐるリュックの底の残暑かな

倦怠や首のうしろの泡立草

夕かなかなホースの傷が水を噴く

何とりに戻りし風のすすきかな

鳶の輪の中に江ノ島秋日和

いわし雲人は祈りの石を積む

限界集落花すすき花すすき

藪がらしぐいぐい引けば村傾ぐ

次の鐘待つ静寂ありしぐれ

夢中とはほんの一瞬すいっちょん

鳥兜そのむらさきへ入り込む

につぽんの音のほんわか布団干す

枯蟷螂寺の魚板のささくれて

月天心つぎはぎ土器の影ふくれ

背中からしくんと冬の来る気配

木の実落つ人待つ夜の耳聡し

落葉降る事のはじめはゆるやかに

銀行に埃りの匂ひ十二月

躓くやうるめいわしの目が抜けて

狐火や眠らぬ自動販売機

雲水のかすかすとゆく四温かな

下校子のひらひら駆けて寒明くる

肩ポンとたたかれてゐる彼岸寺

園児らのこゑ湧くところ水温む

退院ときまりし朝の初音かな

風光り水ひかり魚はねてをり

春眠のかたまりとなり昼の猫

辛夷の芽気力充分満ちてゐる

啓蟄や鏡の奥がぎざぎざす

風評やたちまち濁る蝌蚪の国

長電話遠のく蝶を目で追ひつ

赤ん坊の手相見てゐる雛の間

濡れ色の嬰の口元桃の花

歯ブラシは軽めに握る朝ざくら

野良猫に機嫌読まるる日永かな

やはらかな杉菜の中の兵の墓

地獄天国あしたのための大昼寝

竹の子の無鉄砲なる気迫かな

田水張り老人だけの明日かな

一湾の弓なりがよし大花火

ジーパンを腰で決めたりサングラス
青嵐いつしか傷つけあつてゐる

臍のないをとこばかりや水くらげ

かたつむりゆつくりのびて明日も雨

青葉潮ずうんと腹にくる汽笛

夏祭り電柱が邪魔ビルがじやま

吊り橋をひつぱつてゐる女郎蜘蛛

何の木か白鷺百羽ひしめける

風死すや全身重くなる真昼

梔子のあたらしき白今日はじまる

ただならぬ雲の速さよ黒揚羽

化け方を知らぬ黒猫はんげしやう

夕焼けや人に安否といふ想ひ

八月を語らうとすると吃る

晩年や夕日の色の凌霄花

日雷山姥になる途中なり

兄弟の仲良きころの木の実かな

鳴きかけて止める蜩テロリスト

天高し大声あげてみたくなる

駅弁の大きな輪ゴム天高し

追ひ焚きの湯のやはらかしちちろ虫

また同じむかしがたりを長き夜

一級河川横切つてゆく草の絮

風神雷神対で駆けゆく神無月

後悔の反芻みかん剝きながら
無器量な魚の旨し冬に入る

爆ぜぐせの焚火たれも貧しかつた

師走かな両手擦れば紙の音

推敲や冬木一本立つてゐる

落葉から森の深さのはじまれり

冬日向眠つてをらぬ猫の耳

不用意なことばとびだす隙間風

夜の霜魚拓の鯛の尾がうごく

動悸

二〇一一年〜二〇一二年

元旦の畳にたつぷりの光

芹なづな小学校の井戸の水

寒月光わが足音に追はれをり

ゆふべ見し月のしづくか冬桜

立春大吉電話かけてもみんな留守

般若波羅蜜多ほかはむにやむにや御開帳

たぐり寄す手作りの凧父が居た

薄氷に一人しゃがめばまたひとり

芽ぐむ木に雨の明るさ米を研ぐ

今日の匂ひきのふの匂ひ若布干す

散骨のはなしぷつつり月おぼろ

放たれてしばらく渦の小鮎かな

振り向けばみな消えてゐる海市

電柱は都会の小骨つばくらめ

酔漢を重石としたり花筵

青葉木菟笠傾けて山頭火

若葉風江ノ島中がやはらかい

滴りの音はその奥弁財天

夏帽子脱いで話に風を入れ

真っ白な薔薇につぎつぎ人の鼻

光る目で蛇打つ人を見てゐる子

積まれたる空き瓶夏の日が曲る

滝音に話とられてしまひけり

角振つて明日をさがす蝸牛

泉湧くくすぐりあつてゐるやうに
ソーダ水さつきの嘘がつきあげる

炎天を来て川の音川のいろ

屈託や蓮の葉つぱにお賽銭

日の丸はやはり血の色敗戦忌

妙な高揚台風の目の中にゐる

秋の蛾をかるく殺めし女かな

雨脚にさつと日の射す彼岸花

風のこすもす二日遅れの筋肉痛

今落ちし木の実の音を追ひかける

当てずつぽうに角を曲れば金木犀

実南天ぬれ紙いろの日暮れくる

ぴつしりと木の実草の実明日は晴れ

仏像の耳穴浅しもがり笛

一茶の忌口中の飴まるくなる

レントゲン機ひんやりと抱く一葉忌

かの人も十日の菊となりにけり

浮寝鳥ときどき己確かむる

福寿草だれにともなくありがたう

冬日が座るこぶこぶのたぶの木

辛夷の芽町に動悸の生れけり

春寒し同じ顔してバスを待つ

歳時記を飛び出してゆくしゃぼん玉

浮き氷脳の隙間から気泡

梅三分こんなところに予備釦

料峭や背中のチャックに届かない

春の虹消えて他人にもどりけり

老人の老後のはなし春満月

雪は雨に最後の一段踏みはづす

鉄棒の下のくぼみやつばくらめ

飛花落花恋のボートがすれ違ふ

めんだうな男と酒と木の芽和

白鳥の帰りし水の真つ平ら

吸ふ息を忘れてをりし花吹雪

どうしても眠い真昼のチューリップ
結論は新茶一杯飲んでから

母の日やテレビの中の電話鳴る

人を待つ靴先うごく夜の新樹

無駄足の予感あぢさゐ青ばかり

男盛りビールの泡を口髭に

寺領なる生臭き水あめんばう

踏んでから上見て下見て実梅かな

弾力を失くした輪ゴム水中花

玄関の金魚にただいま退院す

梅雨明けや遠き木に風見えてゐる

遠花火ふいに灯りし記憶かな

嫋やかに本音をかくす白日傘

黒南風やとしよりめける深海魚

後期高齢昼すぎの昼顔

八月やよろめいて影失ひぬ

これは郁子これは通草とおばあさま

枝豆の殻もりあがる同期会

鎌倉や枯蟷螂の古武士貌

父さんは耳から老いてすすき山

赤いクレーン色なき風を吊り上げる

釣瓶落し天に大きな曲り角

秋明菊をすこし傾け昨夜の雨

針穴をにげる絹糸菊日和

にんげんに尻尾の名残り文化の日

黄葉紅葉ふはふは齢重くなる

鰭酒や大きくうごく喉ぼとけ

韻き合ふ星と波音クリスマス

東京は人急くところ冬の雲

女偏

二〇一三年～二〇一四年

波打ち際いつもうごいて去年今年

初音待つ大仏様の大きな耳

梅ふふむ海より夜の明けてきし

靴跡は靴に消されて春の雪

うぐひすと書くとすぐにも啼きさうな

いつせいに青空を吸ひ芽吹山

海の匂ひする方へ道草萌ゆる

にんげんの声も加へて山笑ふ

そろそろといふときのあり鳥帰る

さくら満開監視カメラの下通る

さくらの夜沓脱ぎに朱のハイヒール

句友てふやはらかき敵さくらどき

春耕や土はふくらみきつてゐる

ツピツピと啼く鳥一年生走る

蟻穴を出づ原子力発電所

たんぽぽや二つしやがんだランドセル

葉脈に水ゆきわたる五月かな

うらうらと辻に猫ゐる出湯町

呆けたりわらび・ぜんまい・やぶれ笠

生干しの烏賊ちぢこまる日永かな

天守閣より八方の青嵐

青芝や弾み歩きの三歳児

麦秋のところどころに父母がゐる

くるぶしの波待つてゐる立夏かな

片恋やまだ捨てきれぬ香水瓶

あのことは白紙に戻す蛍の夜

青大将ぐるりカメラに囲まるる

どくだみや防空壕の空気ふと

白南風や江ノ電線路二歩で越ゆ

雷を一つころがし雨あがる

炎昼の発火しさうな滑り台

月見草消え老人ホーム生れけり

力士とて美男がよろしところてん

仏頂面を見合はせてゐる熱帯夜

踏み出す足考へてゐる青鷺

手を洗ふ二百十日のぬるき水

鴉にはからすが応へ豊の秋

有刺鉄線の内はアメリカ星月夜

喜寿もまたきのふのつづき草の花

台風来るぞ鉛筆の芯まただ折れる

梵鐘の余韻たゆたふ柿日和

柿甘くなるおだやかに日の暮れて

戸を閉めてちちろに闇を返しけり

月光や万物に影ひとつづつ

朝刊の夜明けの音も秋に入る

新走り含みゆつくり衰へる

日だまりの石にとんぼとわたくしと

ラーメン屋の前が交番冬うらら

一位樫に瘤の歳月冬日燦

一といふ始まりの数大旦

加齢てふ病あるらし春を待つ

近隣の音を沈めて池凍る

一枚につられて走る枯葉かな

晩学や薄氷しかと踏み抜きぬ

その角まで春がきてをりカプチーノ

春雪のたちまち汚れたちまち過去

鳥雲に捨てどころなき汚染水

ビル街の空は細切れ鳥帰る

囀りに応ふさへづり山揺る

春の山いま混声の大合唱

春遅し時計何度も見てしまふ

目借り時正しい時計買ひにゆく

駅に散る一団花見帰りらし

あと一人駅の時計に牡丹雪

つばめ反る作務僧の下駄ぺつたんこ

この道やてふてふと同じ風の中

全員降りバスをおぼろへ返しけり

ほーほたる小さな文字は苦手です

動物園の色となりゆく象の夏

ほんたうは目立ちたがりや花十薬

ビヤガーデンみな大声になつてゐる

落し文うつかり解けてしまひけり

朝虹に見とれぽつかり物忘れ

梅雨星や紅茶に落すひとりごと

梅雨月夜好きも嫌ひも女偏

嫁ぎゆく子の部屋に鳴る貝風鈴

水中花咲かせそれからの空虚

ポケットの小銭のをどる夕立かな

鳶の輪の向かうくつきり雪の富士

句集　回流　畢

あとがき

辞書をひくと、「回流」とは「めぐって流れること。また、その流れ」とあります。歴史、時間、四季、生命、人の生活等、さまざま想像できます。

今回、私が句集名としていただいたのは、その内のごくごく小さな、月に三回、十日に一回続けている「回流」と名付けられたハガキでの俳句の交流のことなのです。

八句から十句をしたため、前回の句の中から二句ほど寸評を書きます。ほんの数人での交流で、俳句結社はまちまち、お顔を存じ上げないままの方も。みなさま個性的で刺激をたくさんいただきます。

私はその「回流」に途中参加させていただき、そろそろ十年になります。どうしても続けると決め、無心に、一心不乱に、そんな作業めいた日々の中から、すこしずつ「俳句を楽しむ」心を養っております。そして、喜寿のしるしとして今回、第二句集を編むことができました。「回流」がこれからも楽しく、いつまでも続きますように。「回流」のお仲間の皆さま、本当にありがとうございました。

また、背中を押してくれた息子にも感謝。

お忙しい中、あたたかい序文をいただいた豊田都峰主宰、いろいろとお世話になりました「文學の森」の皆さまに、心より感謝申し上げます。

二〇一五年一月

畑 佳与

著者略歴

畑　佳与（はた・かよ）　本名　佳代子

1936年12月　神奈川県に生れる
1996年２月　「京鹿子」入会
2002年　「京鹿子」新賞受賞
2003年　「京鹿子」同人
2005年　「夢」入会・同人（2013年退会）
2006年　現代俳句全国大会秀逸賞受賞

「京鹿子」募集大作優秀賞受賞（５回）
「京鹿子」募集大作秀逸賞受賞（２回）

句　集　『花菜風』
現　在　現代俳句協会神奈川県幹事・横浜俳話会会員

現住所　〒247-0056　神奈川県鎌倉市大船4-16-31
電話・FAX　0467-45-3945

句集 回《かい》流《りゅう》

発　行　平成二十七年三月七日
著　者　畑　佳与
発行者　大山基利
発行所　株式会社　文學の森
〒一六九-〇〇七五
東京都新宿区高田馬場二-一-二　田島ビル八階
tel 03-5292-9188　fax 03-5292-9199
e-mail　mori@bungak.com
ホームページ　http://www.bungak.com
印刷・製本　竹田　登

ISBN978-4-86438-393-6　C0092